LÉON TOLSTOÏ

Philipok

Adaptation française

de Françoise Rose

Publié pour la première fois en 2000 par Philomel Books,
une filiale de Penguin Putnam Books for Young Readers,
New York, sous le titre *Philipok*.

ISBN : 978-2-0139-1329-4

Dépôt légal n° 83052 – mars 2007 – Édition 01

Loi n° 49-956 du 16 juillet 1949
sur les publications destinées à la jeunesse.

Imprimé chez Pollina, en France - n° L42274

Léon Tolstoï

Philipok

Illustrations
de Gennady Spirin

Adaptation
d'Ann Keay Beneduce

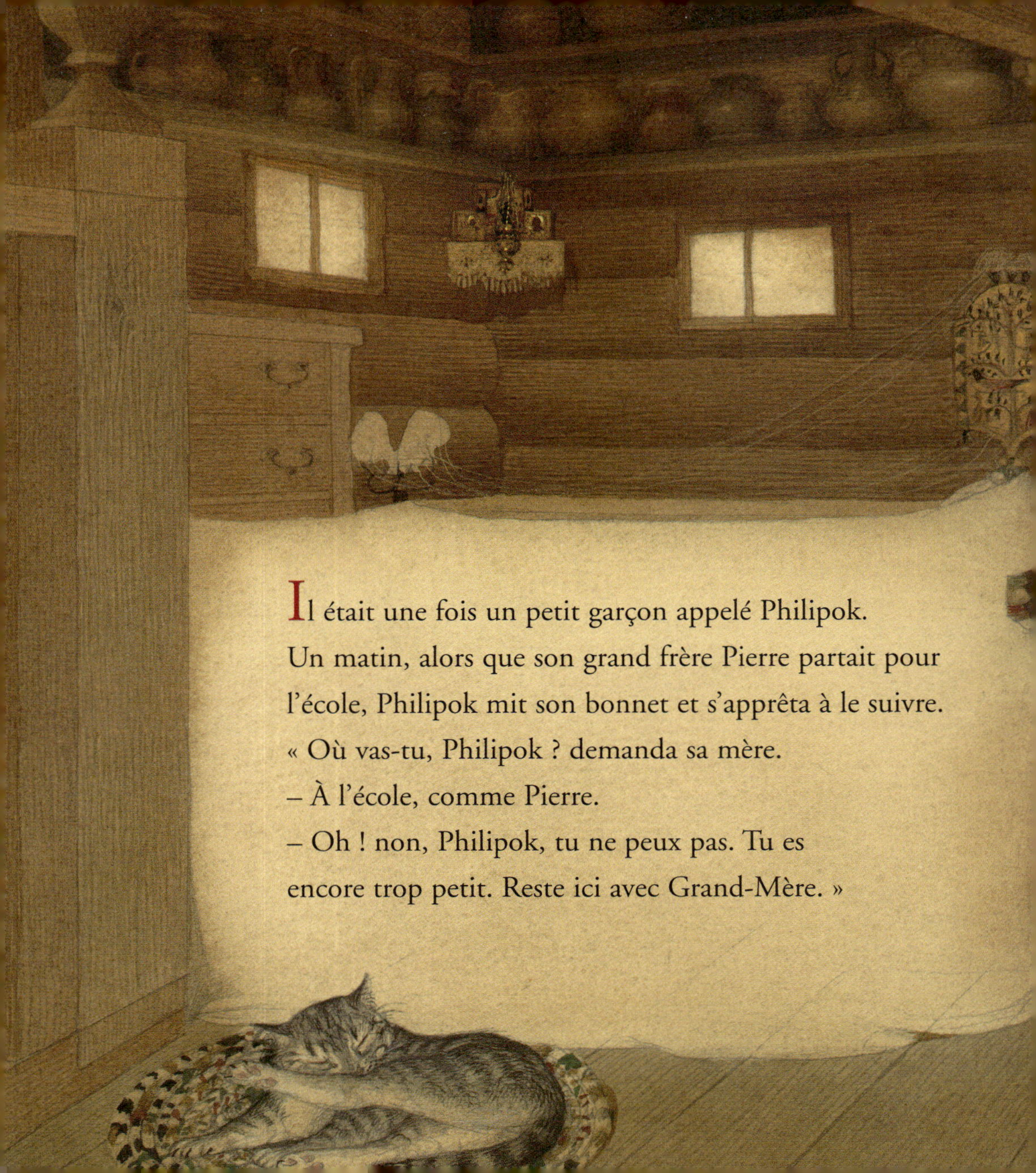

Il était une fois un petit garçon appelé Philipok. Un matin, alors que son grand frère Pierre partait pour l'école, Philipok mit son bonnet et s'apprêta à le suivre.

« Où vas-tu, Philipok ? demanda sa mère.

– À l'école, comme Pierre.

– Oh ! non, Philipok, tu ne peux pas. Tu es encore trop petit. Reste ici avec Grand-Mère. »

Sa mère partit travailler. Son père, lui, était déjà dans la forêt. Grand-Mère tricotait au coin du feu pendant que Philipok jouait.

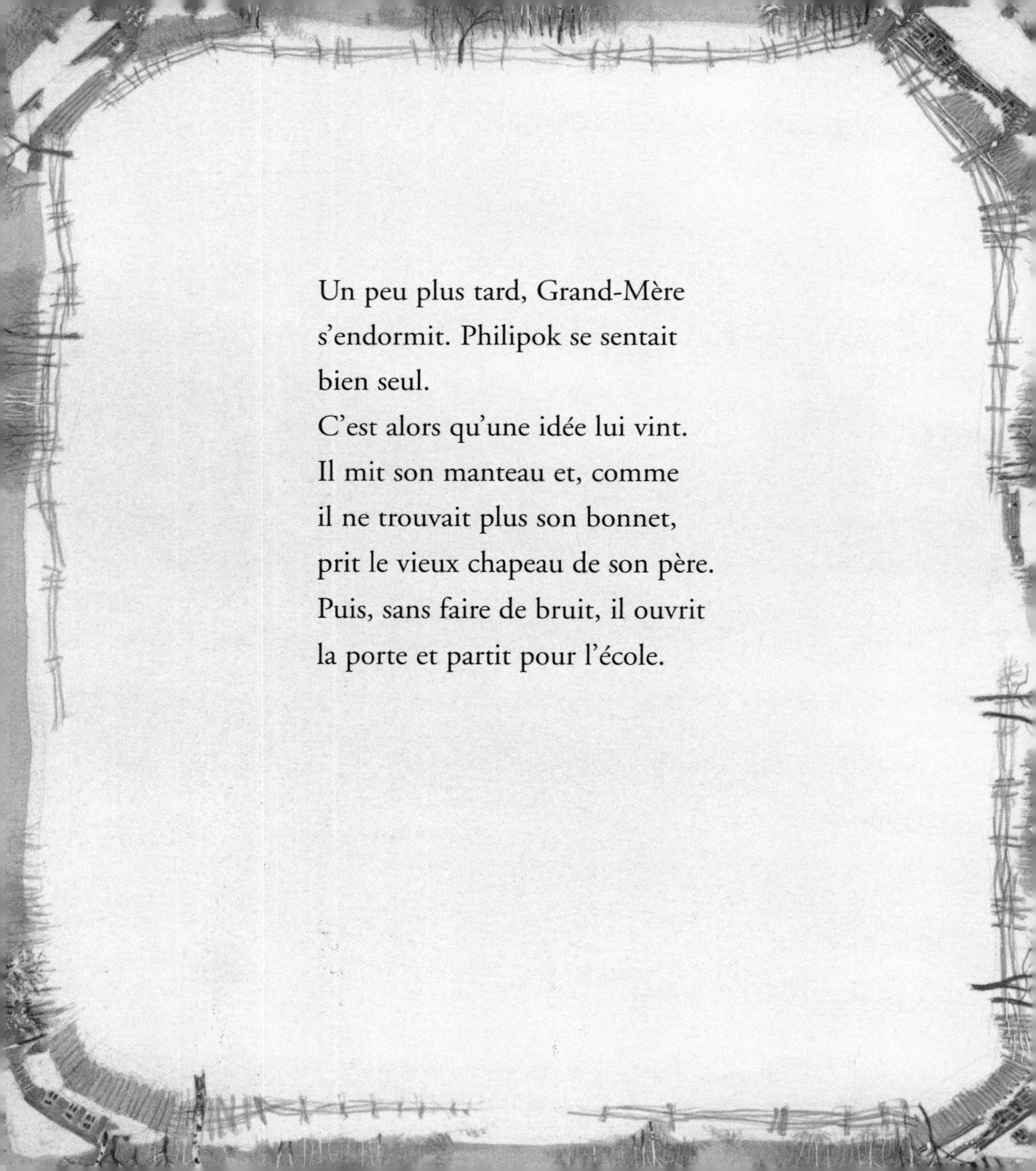

Un peu plus tard, Grand-Mère s'endormit. Philipok se sentait bien seul.
C'est alors qu'une idée lui vint. Il mit son manteau et, comme il ne trouvait plus son bonnet, prit le vieux chapeau de son père. Puis, sans faire de bruit, il ouvrit la porte et partit pour l'école.

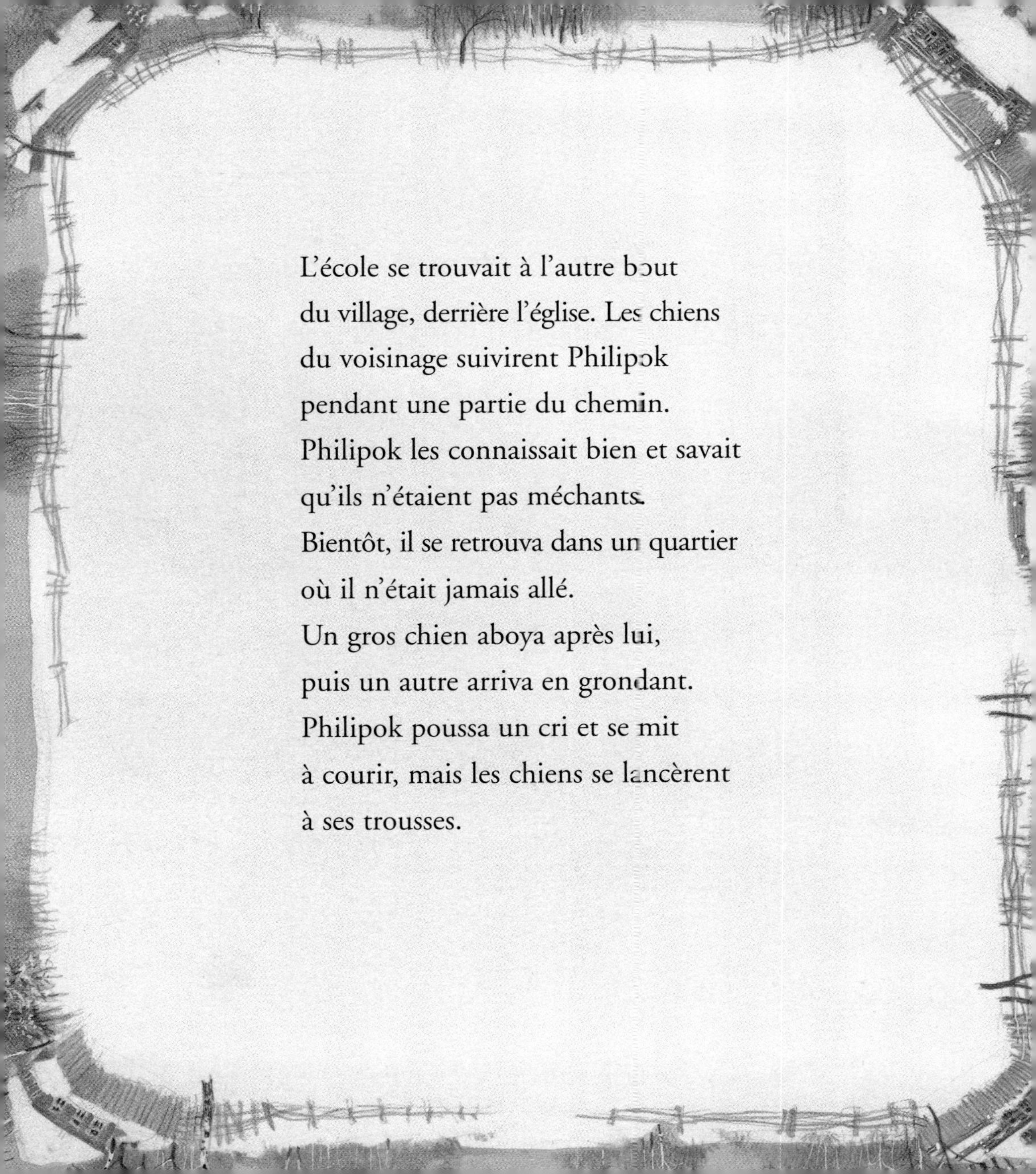

L'école se trouvait à l'autre bout du village, derrière l'église. Les chiens du voisinage suivirent Philipok pendant une partie du chemin. Philipok les connaissait bien et savait qu'ils n'étaient pas méchants.
Bientôt, il se retrouva dans un quartier où il n'était jamais allé.
Un gros chien aboya après lui, puis un autre arriva en grondant.
Philipok poussa un cri et se mit à courir, mais les chiens se lancèrent à ses trousses.

Philipok trébucha
et tomba dans la neige.

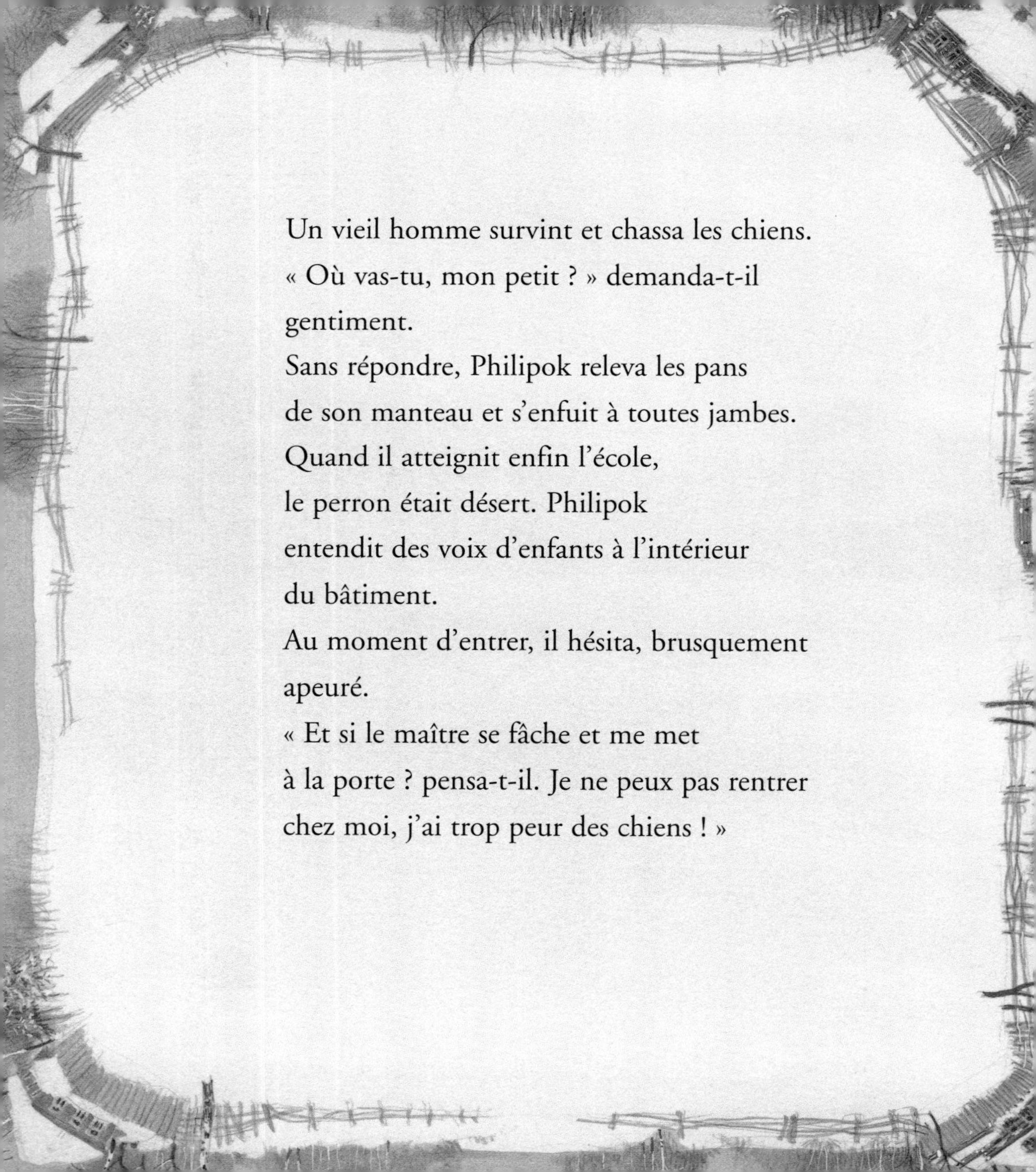

Un vieil homme survint et chassa les chiens.
« Où vas-tu, mon petit ? » demanda-t-il gentiment.
Sans répondre, Philipok releva les pans de son manteau et s'enfuit à toutes jambes.
Quand il atteignit enfin l'école, le perron était désert. Philipok entendit des voix d'enfants à l'intérieur du bâtiment.
Au moment d'entrer, il hésita, brusquement apeuré.
« Et si le maître se fâche et me met à la porte ? pensa-t-il. Je ne peux pas rentrer chez moi, j'ai trop peur des chiens ! »

C'est alors que passa
une femme portant des seaux d'eau.
« Que fais-tu là ? demanda-t-elle. Tu devrais être
à l'intérieur avec tous les autres ! Entre immédiatement ! »
Philipok se hâta d'obéir.

Dans le couloir, il ôta son bonnet, puis poussa la porte de la salle de classe.

La pièce était pleine d'enfants, grands et petits, qui semblaient parler tous en même temps.

Le maître, qui portait une écharpe rouge, allait et venait entre les rangées de pupitres.

Soudain, il aperçut Philipok.

« Que veux-tu, petit garçon ? » cria-t-il.

Philipok serra son chapeau contre lui sans rien dire.

« Qui es-tu ? Que fais-tu ici ? s'enquit l'instituteur.

As-tu perdu ta langue ? » reprit-il, comme Philipok gardait le silence.

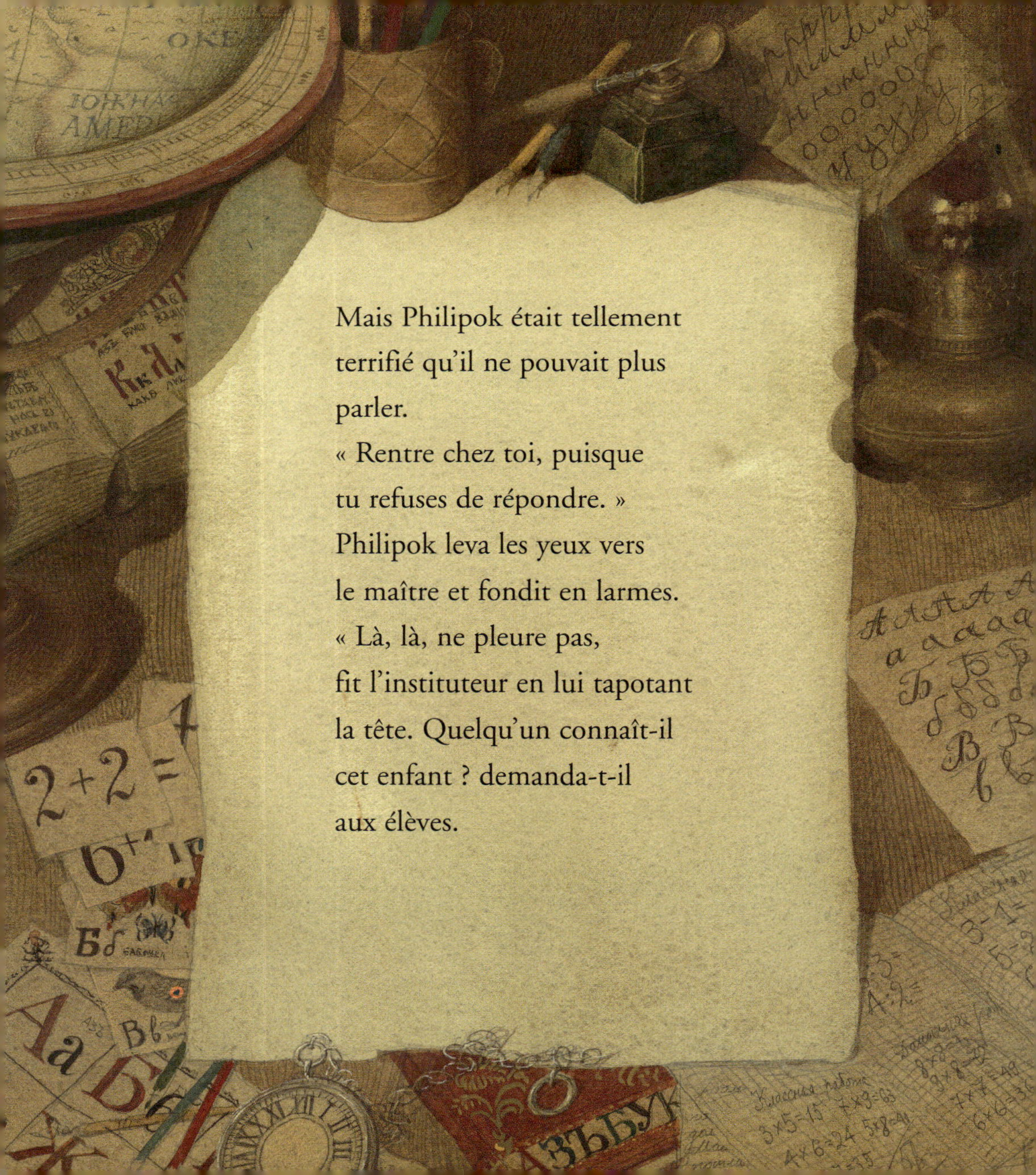

Mais Philipok était tellement terrifié qu'il ne pouvait plus parler.

« Rentre chez toi, puisque tu refuses de répondre. »

Philipok leva les yeux vers le maître et fondit en larmes.

« Là, là, ne pleure pas, fit l'instituteur en lui tapotant la tête. Quelqu'un connaît-il cet enfant ? demanda-t-il aux élèves.

ЗЪБУКА

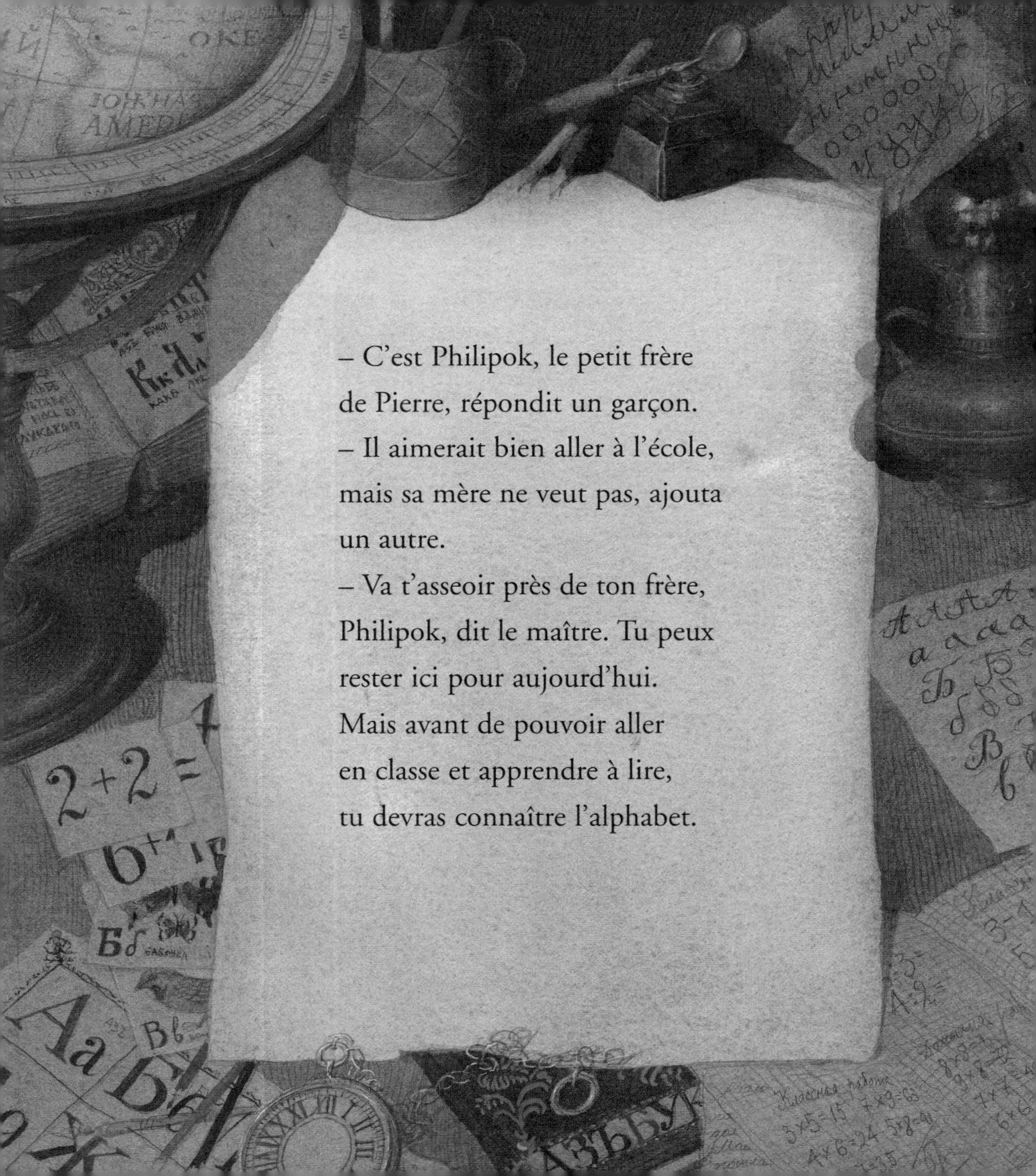

– C'est Philipok, le petit frère de Pierre, répondit un garçon.
– Il aimerait bien aller à l'école, mais sa mère ne veut pas, ajouta un autre.
– Va t'asseoir près de ton frère, Philipok, dit le maître. Tu peux rester ici pour aujourd'hui. Mais avant de pouvoir aller en classe et apprendre à lire, tu devras connaître l'alphabet.

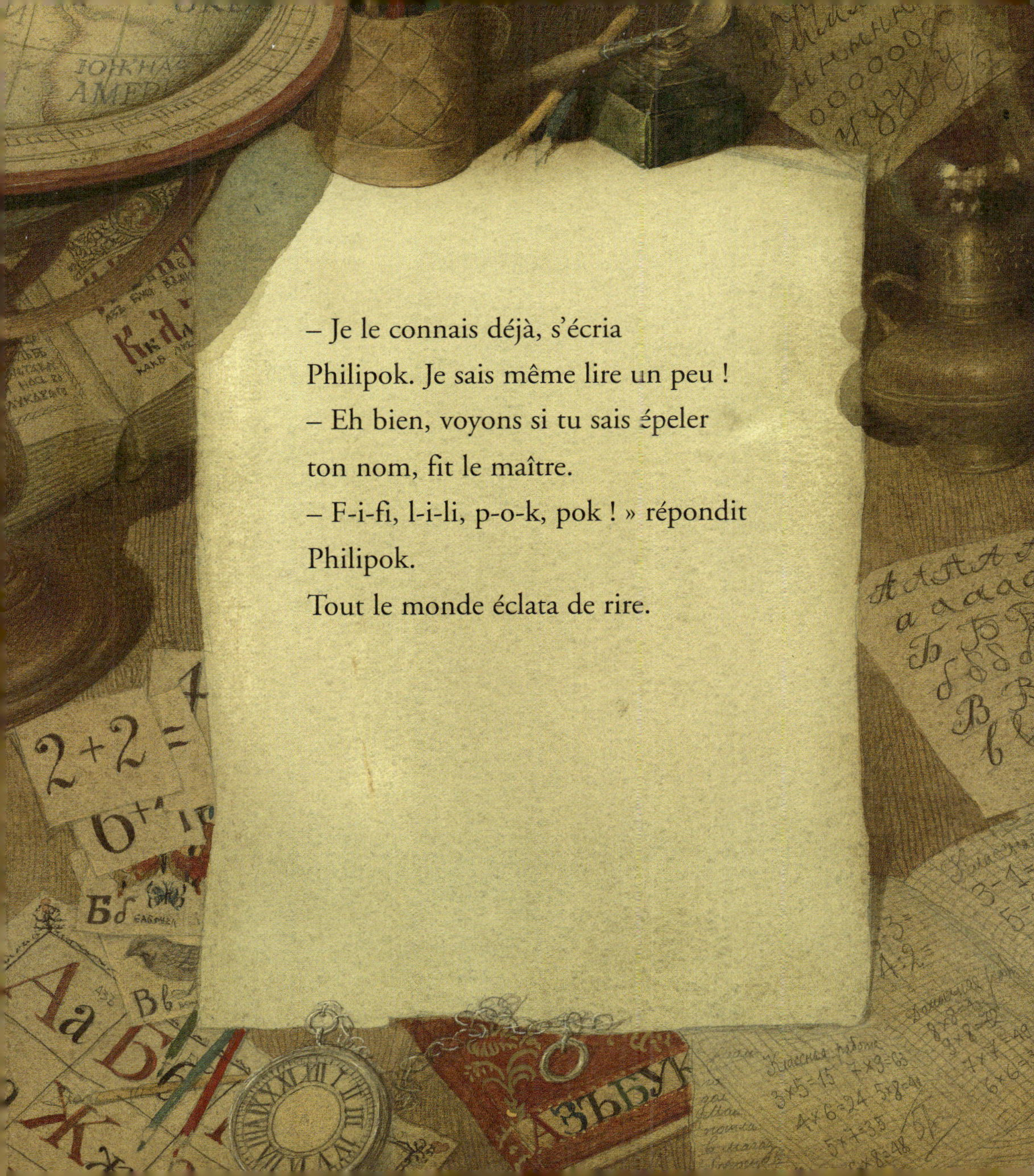

– Je le connais déjà, s'écria Philipok. Je sais même lire un peu !

– Eh bien, voyons si tu sais épeler ton nom, fit le maître.

– F-i-fi, l-i-li, p-o-k, pok ! » répondit Philipok.

Tout le monde éclata de rire.

Mais le maître dit : « C'est bien, mon petit !
Qui t'a appris à lire ?
– Mon frère, Pierre », répliqua Philipok.
Se sentant plus sûr de lui, il poursuivit :
« Je suis vraiment malin, j'apprends vite.
Vous voyez, je suis très intelligent !
– Tu devrais arrêter de te vanter,
et commencer à étudier, fit le maître
en riant. Je dirai à ta mère que tu peux
venir en classe. »

C'est ainsi que, désormais, Philipok se rendit joyeusement à l'école tous les matins, avec son grand frère Pierre et les autres enfants.

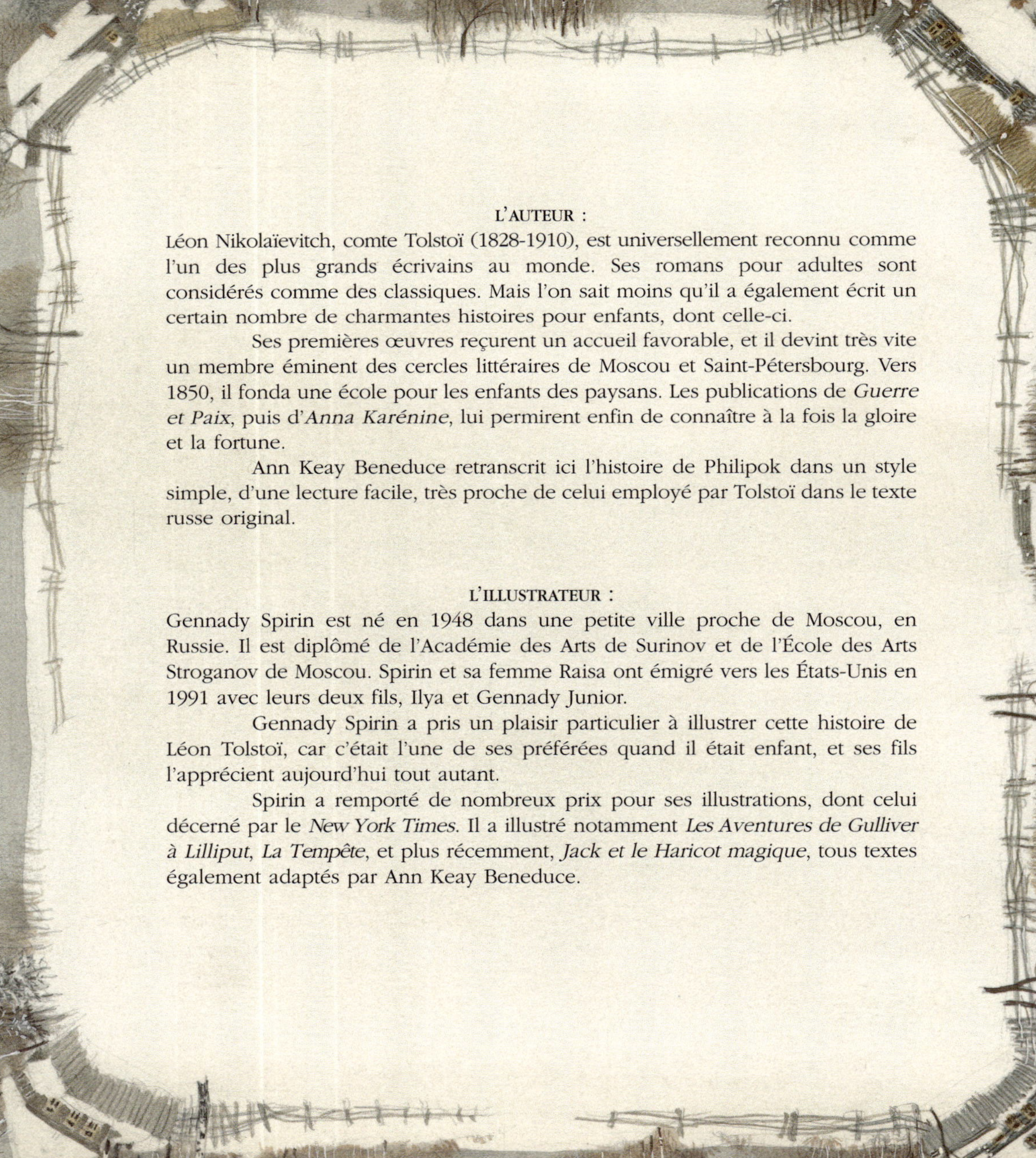

L'AUTEUR :

Léon Nikolaïevitch, comte Tolstoï (1828-1910), est universellement reconnu comme l'un des plus grands écrivains au monde. Ses romans pour adultes sont considérés comme des classiques. Mais l'on sait moins qu'il a également écrit un certain nombre de charmantes histoires pour enfants, dont celle-ci.

Ses premières œuvres reçurent un accueil favorable, et il devint très vite un membre éminent des cercles littéraires de Moscou et Saint-Pétersbourg. Vers 1850, il fonda une école pour les enfants des paysans. Les publications de *Guerre et Paix*, puis d'*Anna Karénine*, lui permirent enfin de connaître à la fois la gloire et la fortune.

Ann Keay Beneduce retranscrit ici l'histoire de Philipok dans un style simple, d'une lecture facile, très proche de celui employé par Tolstoï dans le texte russe original.

L'ILLUSTRATEUR :

Gennady Spirin est né en 1948 dans une petite ville proche de Moscou, en Russie. Il est diplômé de l'Académie des Arts de Surinov et de l'École des Arts Stroganov de Moscou. Spirin et sa femme Raisa ont émigré vers les États-Unis en 1991 avec leurs deux fils, Ilya et Gennady Junior.

Gennady Spirin a pris un plaisir particulier à illustrer cette histoire de Léon Tolstoï, car c'était l'une de ses préférées quand il était enfant, et ses fils l'apprécient aujourd'hui tout autant.

Spirin a remporté de nombreux prix pour ses illustrations, dont celui décerné par le *New York Times*. Il a illustré notamment *Les Aventures de Gulliver à Lilliput*, *La Tempête*, et plus récemment, *Jack et le Haricot magique*, tous textes également adaptés par Ann Keay Beneduce.

Les petits Gautier

1.

Il y a une maison dans ma maman

Giles Andreae, Vanessa Cabban

2.

Le Géant aux oiseaux

Ghislaine Biondi, Rébecca Dautremer

3.

Je t'aimerai toujours quoi qu'il arrive

Debi Gliori

4.

Philipok

Léon Tolstoï, Gennady Spirin

5.

Fleur d'eau

Marcelino Truong

6.

Qui a du temps pour Petit-Ours ?

Ursel Scheffler, Ulises Wensell

7.

Une lettre pour Lily la licorne

Christian Ponchon, Rébecca Dautremer

8.

La véritable histoire
de la Petite Souris

Marie-Anne Boucher, Rémi Hamoir

9.

La véritable histoire
du Marchand de Sable

Marie-Anne Boucher, Rémi Hamoir

10.

Cache-Lune

Éric Puybaret

11.

Marabout et bout de sorcière

Véronique Massenot, Muriel Kerba

12.

Scritch scratch

Miriam Moss, Delphine Durand